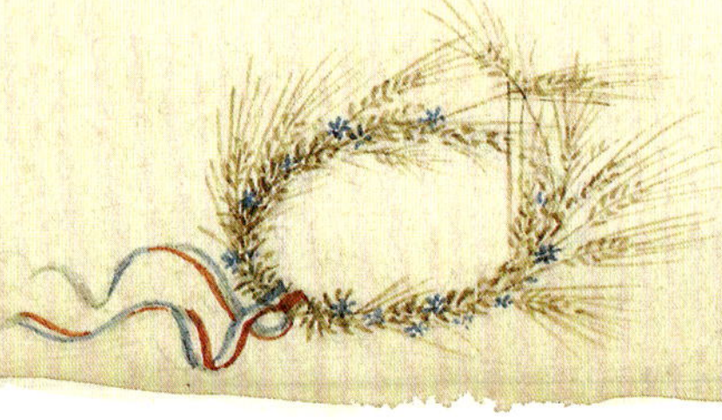

Der Jahrmarkt von Sorotschinzy

1 2 3 4 5 (14213)
ISBN 3-215-07362-5

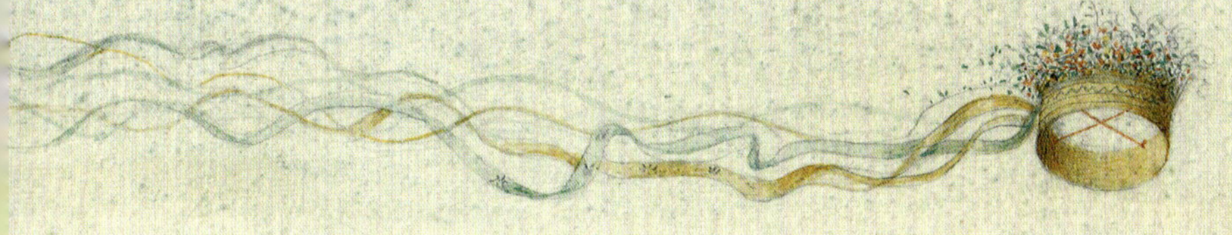

Nikolaj Gogol

Der Jahrmarkt von Sorotschinzy

Illustriert von Gennadij Spirin
Nacherzählt von Sybil Gräfin Schönfeldt

Esslinger im ÖBV

An einem heißen Sommertag
fuhr einmal ein schönes
Mädchen....

. . . namens Paraska mit seinem Vater, einem weißrussischen Bauern, und seiner Stiefmutter, einem bösen, putzsüchtigen und habgierigen Weib, zum Jahrmarkt von Sorotschinzy. Das Fuhrwerk, von einem Ochsen gezogen, war hochbeladen mit allem, was die Bauersleute auf dem Markt feilbieten wollten, und der Vater führte eine Stute, die er auch verkaufen wollte. Die Landstraße wimmelte von anderen Fuhrwerken und von Jungen und Alten, die auch nach Sorotschinzy wollten. Am Brückengeländer lungerten die Burschen herum, schauten sich Wagen und Leute genau an und sparten nicht mit Spott und Spaß.
Die Stiefmutter, eine prächtige Haube auf dem Kopf und fest in ihre grüne Wolljacke geknöpft, schielte mißgünstig zu den jungen Leuten hinunter. Paraska jedoch, die zum ersten Mal zum Markt hatte mitfahren dürfen, betrachtete sich alles und alle voller Neugier, besonders einen jungen Mann im weißen Kittel, der ein freundliches Gesicht hatte und sie mit dunklen Augen anblitzte.

Doch da polterte der Wagen schon von der Brücke herunter in die Vorstadt, wo sie bei dem alten Gevatter einkehrten. In der Stadt herrschte an diesen Markttagen ein Getöse wie unter einem Wasserfall. Das Volk schrie, lachte und johlte in allen Gassen. Lärmen, Schimpfen, Muhen, Blöken, Brüllen – alles verschmolz zu einem mißtönenden Lärm. Ochsen, Säcke, Heu, Zigeuner, Töpfe, Weiber, Pfefferkuchen, Mützen – alles grell, bunt, ungeordnet durcheinander; es schwirrte vor den Augen. Nur der Handschlag der Feilschenden war von allen Seiten des Jahrmarkts zu hören. Wagen barsten, Eisenstangen klirrten, zu Boden geworfene Bretter donnerten, und der Kopf war einem so betäubt, daß man nicht wußte, wohin man sich wenden sollte.

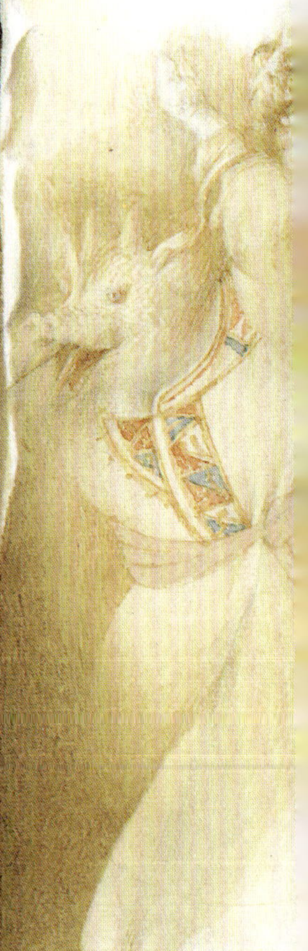

Unser Bauer streifte mit seiner Tochter schon lange unter dem Volk umher. Ihre langen Zöpfe tanzten, sie hatte sich einen Strauß Feldblumen wie eine Krone auf den Kopf gesteckt. Der Vater dachte unaufhörlich an die zehn Sack Weizen und an die alte Stute, die er verkaufen wollte. Dem Töchterlein war anzusehen, daß sie lieber dort hingegangen wäre, wo prächtig rote Bänder, Ohrringe, Halskreuze aus Zinn und Messing und Schaudukaten verführerisch ausgehängt waren.
Sie wandte sich um – und da stand der Bursche im weißen Kittel vor ihr und schaute sie mit leuchtenden Augen an. Ihr Herz tat einen Schlag wie noch nie zuvor, und der Bursche faßte sanft nach ihrer Hand und sagte: „Fürchte dich nicht, Herzchen, fürchte dich nicht."
Da wandte sich der Bauer um und wollte seiner Tochter etwas sagen. Zugleich hörte er aber, wie hinter ihm vom Weizen gesprochen wurde. Da kümmerte er sich nicht mehr um sein Kind, sondern gesellte sich zu den Händlern, die nun schon nicht mehr vom Weizen und seinen Preisen sprachen, sondern vom Teufel und einem Schuppen, in dem der Teufel seine Schelmenstreiche treiben sollte.

„Kein einziger Jahrmarkt ist auf diesem Platz noch ohne Unglück abgelaufen. Gestern ging der Gemeindeschreiber spät in der Nacht vorbei – und siehe! – schon streckte sich zum Dachfenster ein Schweinsrüssel heraus und grunzte, daß es ihm kalt über den Rücken lief. Paß nur auf, du kannst sicher sein, daß sich wieder der rote Kittel zeigen wird!"
Dem Bauern stiegen die Haare zu Berge, auch wenn er gar nicht wußte, was der rote Kittel war. Doch als er seine Tochter schützend an sich ziehen wollte, sah er, daß sie schon ein anderer umarmt hatte, der junge Mann im weißen Kittel. Ehe der Bauer aber Luft holen und schimpfen konnte, gab sich der junge Mann als der Sohn eines alten Freundes zu erkennen und bat den Bauern um die Hand der schönen Paraska. Der Bauer war zufrieden, die drei gingen vergnügt in die nächste Schenke, um das Verlöbnis mit einem Umtrunk zu feiern, und danach kaufte der Bursche die beste Holzpfeife, ein rotgeblümtes Tuch und eine Mütze als Hochzeitsgeschenk für den Schwiegervater, und Geschenke für alle, denen eines gebührte.

Die Stiefmutter aber war gar nicht zufrieden. „Ja”, schrie sie ihren Mann an, „das ist gerade die richtige Zeit, um nach einem Bräutigam Ausschau zu halten. Du Narr, ach du Narr! Hättest lieber deinen Weizen verkaufen sollen; das wird mir ein schöner Bräutigam sein! Wahrscheinlich ein Hungerleider und Tagedieb.”
Sie keifte und keifte, bis der Bauer ihr hoch und heilig versprach, alles wieder rückgängig zu machen. Da weinte die schöne Paraska, da stand der junge Bursche betrübt neben seinen Ochsen und grübelte, was er nun tun sollte.
Da kam ein Zigeuner und fragte mit listigem Lächeln: „Verkaufst du mir den Ochsen für zwanzig Goldstücke, wenn wir den Bauern dazu kriegen, dir doch die Paraska zu geben?“
„Aber gern!“ sagte der Bursche, und mit einem Handschlag war das Geschäft besiegelt.
Auf dem Jahrmarkt ging unterdessen das Gerücht um, daß sich irgendwo zwischen all den Wagen der rote Kittel gezeigt habe. Die Leute bekamen es mit der Angst zu tun, und als die Nacht hereinbrach, lief jeder so früh wie möglich heim.

Als der Bauer nun friedlich und sicher mit anderen Markthändlern und Nachbarn beim Gevatter in der Stube am warmen Ofen saß, fragte er: „Was hat es denn für eine Bewandtnis mit diesem Kittel?“
Der Gevatter seufzte und antwortete: „Ach, das sollte man gar nicht vor der Nacht erzählen! Aber höre: einst wurde der Teufel aus der Hölle gejagt, so wie ein Bauer den Hund aus der Hütte jagt. Doch der arme Teufel bekam Heimweh nach der Hölle, so ein Heimweh, daß er aus Kummer zu saufen begann.“
„Was redest du da, Gevatter!“ unterbrach ihn der Bauer. „Wie kann jemand den Teufel in die Schenke hineinlassen? Er hat doch Krallen an den Tatzen und Hörner auf dem Kopf!“

„Aber das ist doch gerade die Geschichte, daß er eine Mütze und Handschuhe anhatte und einen roten Kittel! So konnte ihn keiner erkennen! Aber er hat so gesoffen, daß er zum Schluß alles versetzen mußte, auch seinen Kittel. Er hat ihn dem Wirt gegeben und zu ihm gesagt: ‚Übers Jahr hol ich ihn mir wieder! Heb ihn gut auf!' Aber der Wirt hat ihm nicht getraut und wollte sein Geld haben und hat den Kittel verkauft. Aber was denkst du, übers Jahr stand der Teufel wieder in der Schenke und rief: ‚So, nun gib mir den Kittel zurück!' Aber das konnte der Wirt ja nicht, und deshalb hat ihm der Teufel geflucht und eine Schar Schweine auf den Hals gehext, und die knallten mit ihren dreischwänzigen Peitschen und ließen den Wirt zu dieser Musik tanzen, bis er jammerte und heulte und gestand, daß er den Kittel einer Händlerin verkauft hatte. Doch ihr war mit dem roten Kittel das Glück verschwunden, und deshalb hatte sie ihn verbrennen wollen. Höllenkittel aber fangen kein Feuer, und so hatte sie ihn zerhackt und beim nächsten Jahrmarkt in alle Winde verstreut. Deshalb, sagt man, geht der Teufel jedes Jahr in Schweinegestalt über den Marktplatz und grunzt und sucht die Stücke seines Kittels zusammen. Jetzt soll ihm nur noch der linke Ärmel fehlen . . .“

Der Bauer glaubte jedes Wort, und in der Nacht zog er sich vor lauter Angst das Federbett über die Ohren.
Doch am nächsten Morgen wehte ein frischer Wind über das erwachende Dorf, und Angst und Schaudern verschwanden. Unser Bauer machte sich auf, um seine Stute zu verkaufen. Schon stand ein baumlanger Zigeuner vor ihm und fragte: „Was verkaufst du, guter Mann?“
Der Bauer erwiderte erstaunt: „Siehst ja selber, was ich verkaufe!“
„Lederriemen oder Stroh?“ fragte der Zigeuner.
Der Bauer schaute sich um. In der Hand hielt er die durchgeschnittenen Zügel, und an den Zügeln festgebunden – oh Entsetzen! Seine Haare sträubten sich – ein Stück Ärmel vom roten Kittel.

Wie vom Teufel gejagt lief er die Gasse entlang. Doch schon erhob sich Geschrei, ein paar junge Burschen hielten ihn fest, banden ihn und warfen ihm vor, die Stute gestohlen zu haben. Sie stießen ihn und den Gevatter, der ihm zu Hilfe kommen wollte, in eine Hütte und verriegelten hinter ihnen die Tür. Da lagen sie nun auf dem Stroh, doch ehe sie in Jammern und Wehklagen ausbrechen konnten, erschien der junge Bursche im weißen Kittel in der Tür der Hütte und fragte: „Was ist denn los mit euch? Wer hat euch so gebunden?"

„Ach, du kommst zur rechten Zeit!“ schrie der Bauer voller Freude, „ach, wie habe ich dich nur abweisen können! Verzeih, guter Mann! Aber was sollte ich nur machen? Gegen meine Frau komme ich nicht an.“
„Ich bin nicht nachtragend“, sagte der Bursche im weißen Kittel. „Wenn du willst, befreie ich dich!“
Dabei winkte er seinen Freunden, und diese stürzten herbei, um die beiden Männer loszubinden. „Dafür müßt ihr mir aber eins versprechen: die Hochzeit! Und ein Fest wollen wir feiern, daß dir vom Tanzen ein Jahr lang die Beine weh tun!“
„Gut! Das ist gut!“ rief der Bauer, „mir ist so fröhlich ums Herz, wenn wir zusammen sind, daß mich niemand mehr umstimmen kann.“
„Dann bin ich in einer Stunde bei dir“, sagte der junge Mann. „Und jetzt geh nach Hause, dort warten auf dich Käufer für deine Stute und den Weizen.“
„Hat sich denn die Stute wieder eingefunden?“
Da lachten alle jungen Burschen, und der im weißen Kittel sagte zum Zigeuner: „Du hast deine Sache gut gemacht!“

Und dann feierte das ganze Dorf Hochzeit, und die schöne Paraska tanzte, daß die roten Bänder in ihren Zöpfen flatterten. Erst am Abend wurden die Lieder leiser, und die Töne der Fiedel verklangen in der Ferne.